Der Trompeter kündet an,
daß die Musikanten nahn.
Dreimal bläst er das Signal.
Tsching-bum! schallt es durch das Tal.

Kapellmeister Archibald Quack

Mit Bildern von
Fritz Baumgarten

Verse von
Ingrid Rudolph

 ALFRED HAHN'S VERLAG · ESSLINGEN, vormals Leipzig

Hier im kühlen Wiesengrund
feiern wir zur Abendstund.
Allen Gästen recht viel Spaß!
Wer mit anstößt, hebt sein Glas.

Vorne geht der Dirigent,
Meister Quack, den jeder kennt.
Froschkapelle, Blasmusik, –
ja, das ist sein größtes Glück.

Ist die dicke Tuba schwer?
Und wer kommt da hinterher?
Mäusepieps und Sohnemann
führen stolz den Festzug an.

Habt ihr sowas schon gesehn?
Alle bleiben staunend stehn.
Langsam rollt im Schneckenschritt
Wichtels Erntewagen mit.

Süße Beeren, reif und rot,
gibt es heut zum Abendbrot.
Tsching-bum-bum, lauft hinterdrein!
Die Musik lädt alle ein.

Einer schaut am Rande zu,
der will lieber seine Ruh.
Einer lacht, der andre winkt,
weil er selber gerne singt.

Guck, da gehen sie vorbei!
Igel's aber holen Heu,
denn der Vater sagte: Nein!
Für das Fest bist du zu klein.

Sieben Rotkehlchen im Nest
wären gar so gern beim Fest.
Halt! Erst lernt ihr, wie man fliegt.
Später seid ihr auch vergnügt.

Lustig ist das Froschkonzert,
jeder Wunsch wird heut erhört.
Alle rufen: Bitte sehr,
Meister Quack, noch mehr, noch mehr

Limonade, kühles Bier
gibt es zur Erfrischung hier.
Noch ein Gläschen! Das schmeckt gut.
Doch nicht lange wird geruht.

Bitte, tritt nicht auf den Schwanz!
So, das ist der letzte Tanz.
Endlich heißt es: Gute Nacht!
Und das Faß wird zugemacht.

Meister Quack sagt: Dankeschön!
Jetzt müßt ihr nach Hause gehn.
Lampions leuchten hell und bunt
durch den dunklen Wiesengrund.

In der Serie außerdem erschienen:

Auf der Sommerblumenwiese
Gartenkolonie „Glück im Grünen"
Mäusepieps' Reise ins Wichtelreich

© 2004 Alfred Hahn's Verlag
Esslinger Verlag J. F. Schreiber
Anschrift: Postfach 10 03 25, 73073 Esslingen
www.esslinger-verlag.de
Alle Rechte vorbehalten
ISBN 3-87286-307-X
Printed in Singapore